푸른별 지구
꿈꾸는 우리

같이쑥쑥 가치학교 – 환경 보호

푸른별 지구 꿈꾸는 우리

초판 1쇄 인쇄 2025년 1월 6일
초판 1쇄 발행 2025년 1월 10일

지은이 신은영
그린이 주민정
펴낸이 고정호
펴낸곳 베이직북스
주소 서울시 금천구 가산디지털1로 16, SK V1 AP타워 1221호
전화 02) 2678-0455
팩스 02) 2678-0454
이메일 basicbooks1@hanmail.net
홈페이지 www.basicbooks.co.kr
블로그 blog.naver.com/basicbooks_
인스타그램 www.instagram.com/basicbooks_kidsfriends
출판등록 제2021-000087호
ISBN 979-11-6340-086-8 73810

* 키즈프렌즈는 베이직북스 유아동 전문 임프린트입니다.
* 가격은 뒤표지에 있습니다.
* 잘못된 책이나 파본은 구입처에서 교환하여 드립니다.

신은영 글 | 주민정 그림

푸른 별 꿈꾸는 지구 우리

키즈프렌즈

저는 기관지가 유독 예민해요. 미세먼지 심한 날, 마스크를 깜빡하고 안 챙겨간 날엔 목이 칼칼하고, 콧물이 줄줄 흘러요. 주변 사람들은 별다른 불편을 느끼지 않는 미세먼지 수치에도 제 코만 민감하게 반응하죠.

사실 처음엔 예민한 코가 마음에 들지 않았어요. 어차피 미세먼지는 눈에 보이지도 않는데, 저 혼자 콧물을 닦느라 소란을 피우는 것 같았거든요. 그런데 미세먼지가 우리 몸에 얼마나 해로운지 공부하고부터는 오히려 제 코가 고맙게 느껴졌어요. 다른 사람들과는 달리, 미리 건강을 챙기고, 마스크를 꼭꼭 쓸 수 있으니까요.

여러분은 미세먼지가 심한 날, 놀이터에서 신나게 뛰어놀아 본 적 있나요? 콜록콜록 기침을 하면서도 놀이를 멈출 수 없었던 날 말이에요. 그날 밤에 여러분이 어떻게 되었는지 제가 맞혀볼까요? 머리가 지끈지끈 아파왔죠? 눈은 건조해져 뻑뻑하고, 목구멍이 따끔따끔 아파오고, 심한 경우엔 편도가 부었을지 몰라요. 어떤 친구들은 열이 펄펄 나서 병원에 갔을 것이고, 또 다른 친구들은 기침을 하느라 잠을 설쳤겠죠.

이게 다 미세먼지 때문이랍니다. 미세먼지는 우리 건강을 해치죠. 코와 입, 폐로 들어가서 우리 몸을 공격하니까 미리미리 마스크를 쓰고, 건강을 지키는 것이 좋아요.

지구가 쓰레기로 뒤덮이고, 물이 오염되고, 동물들이 집을 잃는 상상을 해 본 적 있나요? 예전에는 그저 상상으로 그쳤던 일들이 이제는 현실이 되고 있답니다.

인간들의 이기심으로 집을 잃는 동물들은 새로운 터전을 찾아 떠나야 하겠죠. 새 집을 찾길 바라는 기대와는 달리, 인간들 때문에 세상이 얼마나 오염되었는지만 확인하게 될 거예요.

지구가 오염되어 희망이 없어 보이더라도 어딘가엔 '지구 수호 마을'처럼 세상을 깨끗하게 가꾸려는 생물들이 사는 곳이 있지 않을까요? 그곳에선 모두가 힘을 모아 자연을 보호하고, 지구를 예전처럼 깨끗하게 만들기 위해 노력할 거예요. 여러분도 지구 수호 마을 생물들처럼 지구를 위해 작은 노력을 보태면 좋겠어요.

지구를 사랑하는 동화 작가
신은영

차례

저리 가! 미세먼지

지구 수호 마을

잔소리쟁이 엄마

"왜 이렇게 더럽지?"

동생 유정이가 베란다 유리문 앞에서 중얼거렸어요.

"뭐가 더럽다는 거야?"

내가 물었지요.

"이 유리문 말이야."

유정이가 쪼르르 달려갔어요. 그러곤 창문 닦는 수건을 들고

와서 박박 문지르기 시작했어요. 한참 동안 문질렀지만 어쩐

일인지 깨끗해지지 않았어요.

"그렇게 살살 문지르면 어떡해! 이리 줘봐."

내가 수건을 뺏어 세게 문질렀어요.

"여전히 더럽잖아. 어떡하지? 아하! 알겠다."

유정이가 손뼉을 짝 치더니 베란다 유리문을 살짝 열고 조심스레 손을 내밀더라고요.

"뭘 하려고?"

"바깥쪽이 더러운 게 확실해."

유정이가 수건으로 유리문 바깥쪽을 닦았어요. 쓱쓱, 수건이 여러 번 지나갔는데도 유리문은 여전히 뿌옇기만 했지요. 거실을 지나가던 엄마가 후다닥 달려왔어요.

"밖에 미세먼지가 엄청 심한데 문을 열면 어떡해! 너희는 코랑 목이 유독 약해서 금세 아플 수 있다고."

엄마는 얼른 유리문을 닫았어요.

"너무 더러운 것 같아서 닦아내려고……."

유정이가 유리문을 콕 가리키며 말했지요.

"유리문이 더러운 게 아니라, 미세먼지로 세상이 뿌연 거야."

"정말요?"

나랑 유정이는 너무 놀라 눈을 크게 떴어요. 바깥이 뿌연 게

다 미세먼지 때문이라니 믿어지지 않았어요.

"이렇게 미세먼지가 심한 날엔 문을 열면 안 돼! 아참, 혹시
모르니까 가방에 마스크 하나씩 더 넣어놔."

"네!"

나는 큰소리로 대답하고 마스크를 챙겨 넣었어요.

"유찬아, 바깥 놀이를 하고 나면 손을 꼭 씻어야 해."

방으로 따라 들어온 엄마가 말했어요.

"네, 알아요."

"더러운 손으로 눈을 비비면 안 돼."

"알고 있어요."

“미세먼지 때문에 목이 따끔거릴 땐······.”

“엄마!”

나는 더 이상 참기 힘들어서 소리쳤어요. 엄마가 눈을 동그
랗게 뜨고 쳐다봤어요.

“엄마가 매일매일 말해서 이미 다 알고 있다고요.”

“혹시 네가 잊어버렸을까봐 말해준 거지. 얼른 나가자.”

엄마가 부리나케 현관을 나섰어요. 유정이가 내 귀에 대고
속삭였어요.

“엄마는 잔소리쟁이라니까!”

나도 모르게 크게 고개를 끄덕였어요. 유정이가 신발을 신으
려는데 엄마가 말했어요.

“유정아, 마스크!”

“오늘만 안 하면 안 돼요?”

엄마한테 딱 걸린 유정이가 물었어요. 엄마 고개가 휙휙 돌
아갔어요. 할 수 없이 다시 들어간 유정이는 마스크를 쓰고 나
왔지요.

***

곧이어 엘리베이터 문이 열렸어요. 같은 반 희재가 마스크를 대충 귀에 건 채 타고 있었어요.

"오늘 준비물 있어?"

희재가 물었어요.

"응. 미술시간에……."

내 목소리가 안 들리는지 희재가 내게 귀를 갖다 댔어요. 나는 침을 삼키고 말을 이었어요.

"오늘 미술시간에 만들기 할 거라고 했잖아. 그래서 문구점에 가서……."

"어휴, 답답해!"

희재가 인상을 썼어요.

"마스크 때문에 잘 안 들리잖아. 마스크 좀 벗고 말해봐."

나도 모르게 엄마를 쳐다봤어요. 미세먼지 심한 날엔 집 빼곤 어디서나 마스크를 써야 한다던 엄마의 잔소리가 떠올랐거든요.

15

"잠시 마스크를 내리고 말해줘."

엄마가 마스크를 당겨 내리라는 손짓을 했어요. 나는 재빨리 마스크를 내리고 대답해줬어요.

"선생님이 문구점에 가서 찰흙을 사오라고 하셨어. 모둠별로 마을 만들기를 할 거라고 말이야."

나는 엄마 눈치가 보여 재빨리 마스크를 올렸어요.

"근데 계속 마스크 쓰면 안 답답해?"

희재가 신기하다는 듯 물었어요. 나는 뭐라고 대답해야 할지 몰라 잠시 망설였어요. 그때 유정이가 나섰지요.

"오늘 미세먼지가 엄청 심하대. 그러니까 마스크를 꼭 써야지."

"난 마스크 벗고 다닐 때도 많아. 그래도 멀쩡한데 뭐."

희재가 고개를 들어 올렸어요. 엄마도 한마디 하고 싶은지 희재를 쳐다봤어요. 나는 엄마의 잔소리 폭탄이 희재에게까지 떨어지면 어쩌나 걱정했어요. 다행히 딱 맞춰 엘리베이터 문이 열렸어요. 희재가 먼저 달려 나갔지요. 나는 희재를 따라 달릴까 잠깐 고민했어요. 그러다 고개를 저었지요. 마스크를 쓴 채로 달리면 숨 쉬기가 힘들 것 같아서요. 옆에 선 유정이가 희재를 부러운 눈으로 보고 있었어요. 사실 나도 조금 부럽긴 하더라고요.

"미세먼지 조심하고, 손 깨끗하게 씻고……."

헤어지기 전, 엄마의 잔소리가 또 시작되었어요.

***

급식 시간에 밥을 다 먹은 희재가 큰소리로 말했어요.

"오늘 2반이랑 시합하기로 했어. 축구할 사람은 빨리 나와!"

나는 얼른 창밖을 내다봤어요. 여전히 뿌연 색깔이라 망설여졌어요.

'미세먼지가 많은 날에 운동장에서 축구라니, 말도 안 돼!'

나는 마스크를 만지며 생각했어요. 나갈 준비를 하던 승준이가 내 등을 툭 쳤어요.

"유찬아, 넌 안 가?"

"우리 엄마가 미세먼지 심한 날은⋯⋯."

내가 우물쭈물하자 승준이가 걱정 말라는 듯 말했어요.

"마스크 쓰고 뛰면 되지. 2반 애들이 잘난 척해서 오늘은 우리 반이 꼭 이겨야 해. 그러니까 빨리 가자!"

"그, 그래."

나는 얼떨결에 승준이를 따라나섰어요. 잠시 후, 우리 반과 2반이 마주보고 섰어요. 서로를 향해 날카로운 눈빛을 보내곤

경기를 시작했지요.

"이쪽으로 패스해!"

희재가 크게 외쳤어요. 우리 반 아이들이 일제히 공을 따라 달렸어요. 나도 힘차게 달려갔어요.

"흐억흐억"

잠깐 달렸을 뿐인데, 숨 쉬기가 힘들어졌어요. 근데 나만 빼고 다들 중간 중간 마스크를 내려서일까요? 별로 힘들어 보이지 않더라고요. 나는 마스크를 슬쩍 내려 볼까 생각했어요. 하지만 엄마 잔소리가 생각나서 금방 포기했지요.

"쉬지 말고 빨리 움직여!"

노아가 수비수들 사이를 파고들며 말하더라고요. 나는 힘들어서 허리를 숙였어요.

'마스크 때문에 숨이 차서 그런 건데……'

내 마음을 몰라주는 노아가 미웠어요.

"유찬아, 빨리 와!"

승준이가 다급하게 불렀어요. 번쩍 고개를 들어보니 우리 팀이 기회를 잡은 것 같았어요. 나는 주먹을 꼭 쥐고 쌩 달려갔어요. 머릿속으로 내가 멋지게 공을 차 넣는 걸 상상하면서요. 다음 순간, 희재가 상대팀 선수를 따돌렸어요. 패스할 사람을 찾는 듯 고개를 두리번거렸어요. 나는 마음이 급해졌어요. 누구보다 공을 잘 찰 자신이 있었거든요. 나도 모르게 손을 번쩍 들어 올렸어요.

"나…나한테…줘!"

숨이 차서 말도 잘 나오지 않았어요. 희재가 나를 쳐다보더라고요. 내게 패스하려는 게 틀림없었지요. 나는 공을 쳐다보며 기다렸어요. 그런데 두꺼운 마스크를 쓰고 너무 빨리 달려서일까요? 갑자기 숨 쉬기가 힘들어지더니, 앞이 노랗게 변하는 것 같았어요.

'왜 이러지? 이러면 안 되는데……'

"유찬아, 골인시켜!"

희재가 찬 공이 내게 날아오는 게 보였어요. 그것도 아주 천천히, 느리게 말이에요.

'꼭 골인시켜야 해!'

나는 주먹을 쥐고 발을 당겨 올렸어요.

툭!

공이 내 발을 피해 바닥에 떨어졌어요. 나는 공 옆에 쓰러지
고 말았지요. 그때 2반 애가 번개처럼 뛰어오더니 공을 차지
했어요. 그러곤 반대쪽 골대를 향해 눈 깜짝할 사이에 달려갔
어요.

"골~~인!"

2반 아이들의 함성 소리가 크게 들렸어요.

"송유찬! 넌 골도 못 넣을 거면서 왜 패스하라고 한 거야!"

희재가 으르렁대듯 소리쳤어요.

"그, 그게…마스크 때문에……."

"뭐라고?"

잘 안 들리는지 희재가 귀를 갖다 댔어요.

"마스크 때문에 숨이……."

"아휴, 답답해! 축구할 때는 마스크를 좀 내려!"

희재가 내 마스크를 손으로 휙 당겨 내렸어요. 나는 얼른 다시 올렸지요. 친구들 모두 나를 못마땅한 눈으로 노려보고 있었어요.

'너희들은 마스크를 자꾸 내리고 달리니까 내 마음을 모르는 거야.'

억울해진 나는 엉덩이를 털고 일어났어요. 그러는 동안 아무도 괜찮냐고 묻지 않았어요. 얼마나 속상했는지 몰라요. 다시 경기가 시작되자, 다들 공을 쫓아다니느라 정신이 없었지요. 우울해진 나는 슬쩍 빠져나와 건물 쪽으로 걸어갔어요. 복도에 들어서기 전, 뒤돌아 아이들을 봤어요. 다들 어찌나 잘 뛰는지

은근히 질투가 나지 뭐예요.

'흥! 나도 마스크를 내리고 달리면 저렇게 잘 달릴 수 있다고.'

나는 손으로 마스크를 툭 쳤어요.

달리기 실험

"유찬아, 내일 현장 체험학습 가는 날이지?"

지갑을 챙겨들며 엄마가 물었어요.

"네."

"엄마는 마트에 가서 도시락 재료 좀 사 올게. 유정이랑 잘 있을 수 있지?"

"네."

내가 대답하고 돌아서려는데 엄마가 늘 하는 말을 하더라고요.

"미세먼지가 심하니까 창문은 열지 말고, 밖에 나가지도 말고……."

"알아요! 걱정 말고 다녀오세요."

난 재빨리 엄마 등을 밀었어요. 잔소리를 더 들었다간 귀가 따가울 것 같아서요. 엄마가 나가자마자 나는 베란다 유리문 밖을 내다봤어요. 학교 운동장에서 축구하는 아이들이 보이더라고요. 마음 같아선 나가서 같이 뛰고 싶었지요.

'대체 미세먼지는 언제 없어지는 거야!'

점심시간에 축구하던 장면이 떠오르자 기운이 빠졌어요.

"오빠도 마스크 계속 쓰니까 답답하지?"

유정이가 수건으로 얼굴을 닦으며 물었어요.

"응, 엄청 답답해."

"내 친구 바름이가 오늘 뭐랬는 줄 알아?"

유정이 얼굴이 갑자기 진지해졌어요.

"뭐랬는데?"

"바름이가 놀이터에서 직접 해봤대."

"뭘?"

"마스크를 쓰고 술래잡기하기와 마스크 벗고 술래잡기하기!"

나도 모르게 유정이 말에 푹 빠져들었어요.

"그래서 어떻게 됐는데?"

"마스크를 썼을 때는 달리기가 느렸는데, 벗자마자 갑자기
발이 빨라지더래. 눈 깜짝할 사이에 저만큼 가 있었다지 뭐야."

유정이가 달리기하듯 팔을 흔들면서 말했어요.

"그 말이 맞을지도 몰라. 왜냐하면 오늘 내가 마스크를 쓰고
축구했는데 자꾸 발이 느려지더라고."

"그럼 마스크를 벗고도 뛰어봤어?"

나는 천천히 고개를 저었어요. 그러고 보니 최근에 마스크를

벗고 뛴 적은 한 번도 없더라고요.

"우리가 직접 해볼까?"

유정이 말에 나는 뿌연 바깥을 쳐다봤어요.

"엄마가 보면 엄청 혼낼 텐데?"

"잠깐만 해보는 거지. 엄마가 돌아오기 전까지만!"

"좋아!"

***

우린 시간을 확인하고 후다닥 달려 나갔어요. 둘이 마스크를
쓴 채로 놀이터 그네 앞에 섰어요.

"하나, 둘, 셋!"

동시에 숫자를 세고 둘이서 미끄럼틀까지 달렸어요. 마스크
때문에 답답해서인지 발이 좀 무겁게 느껴졌어요. 다시 제자리
로 돌아와 조심스레 마스크를 벗었어요. 시원한 바람이 땀을
식혀주더라고요. 기분이 좋아져서 둘이 생긋 웃었어요.

"하나, 둘, 셋!"

유정이가 혼자서 숫자를 세곤 먼저 달려갔어요.

"너, 반칙이야!"

나는 억울해서 소리를 지르며 따라갔지요. 유정이는 미끄럼
틀을 돌아 놀이터를 몇 바퀴나 돌았어요. 자연스럽게 내가 술
래가 된 것 같았지요. 처음엔 작게 웃다가 어느 순간, 둘이서 크
하하하하 배를 잡고 웃어댔어요. 나중엔 너무 웃어서 배가 아
플 지경이었어요.

"오빠, 마스크 벗고 달리니까 어때?"

유정이가 손가락으로 콧구멍을 후비며 물었어요.

"바름이 말이 맞았어!"

"그치? 마스크 없이 달리니까 훨씬 빨라진 것 같아."

"앞으로 쭉 마스크 없이 달리면 좋겠다."

"나도!"

둘이서 크게 웃고 있을 때였어요.

"아참! 엄마 올 때 된 거 아냐? 들키면 엄청 혼날 텐데……."

문득 엄마 생각이 나자 걱정이 되지 뭐예요.

"내가 물어볼게."

유정이가 걱정 말라는 듯 손을 저었어요. 그러곤 엄마한테 메시지를 보냈어요. 금세 답장이 왔지요.

"엄마는 한 시간 있다가 올 거래."

그 말에 걱정이 날아갔어요.

"오빠, 우리 30분만 더 놀다 가자!"

"그래, 이번엔 네가 술래야."

나는 유정이에게 혀를 내밀고 달려갔어요. 마스크가 없으니 숨쉬기가 훨씬 편하더라고요. 발도 더 빨라졌고요. 목구멍이 조금 따끔거리긴 했지만, 그것만 빼면 모든 게 완벽했어요.

열이 펄펄

"둘이 잘 놀고 있었어?"

엄마가 장바구니를 들고 들어오며 물었어요. 나는 일부러 크
게 대답했지요.

"네!"

"갑자기 왜 이렇게 씩씩해?"

놀란 엄마가 고개를 갸웃거렸어요. 그러다 내 머리카락에서
똑똑 떨어지는 물방울을 보았지요.

"유찬이 벌써 샤워했어?"

"네……."

나는 놀이터에서 놀다 온 걸 들킬까봐 작게 대답했어요. 엄마가 이상하다는 듯 나를 쳐다봤어요.

"샤워는 꼭 저녁에 하겠다고 하더니, 웬일이야?"

"그, 그게…오늘은 일찍 샤워하고 싶어서요."

"어? 유정이 너도 샤워했어?"

엄마 눈이 동그래졌어요. 당황한 유정이는 말을 더듬었어요.

"오, 오늘 미세먼지가 심한 것 같아서 빨리 씻었어요."

"그래, 이렇게 미세먼지 심한 날에는 빨리 샤워하는 게 좋지. 잘 했어."

엄마가 칭찬하곤 화장실에 들어갔어요. 나랑 유정이는 입술을 작게 모으고 한숨을 쉬었어요. 엄마한테 거짓말한 게 미안해 얼른 방으로 들어왔지요.

***

그날 저녁이었어요.

"엄마, 나 목이 따끔따끔 아파요."

유정이가 엄마 품에 안기며 중얼거렸어요.

"미세먼지 때문일 거야. 자, 따뜻한 물 좀 마셔. 어? 열이 펄
펄 나네?"

엄마와 유정이의 대화를 듣다가 나는 목을 만졌어요. 목이
부은 것 같았지요. 깜빡일 때마다 눈도 아파서 제대로 뜨고 있
기가 힘들었어요. 나는 눈을 꼭 감았다가 그대로 잠이 들었어

요. 꿈속에서 유정이랑 또 놀이터에 서 있었지요. 마스크 없이 신나게 뛰어 놀 생각에 얼마나 기뻤는지 몰라요. 우린 미끄럼을 먼저 타겠다고 서로를 밀며 올라갔지요. 그러곤 내가 먼저 미끄럼을 타고 내려왔어요. 유정이를 기다리며 문득 손을 내려다봤어요.

"왜 이렇게 까맣지?"

손바닥이 너무 까매서 살짝 무서워졌어요.

이번엔 유정이가 내려왔어요. 유정이도 나처럼 손바닥을 보았지요.

"으악! 오빠, 내 손 좀 봐!"

유정이 손바닥도 까맸어요. 둘이 깜짝 놀란 순간, 콧구멍이 너무 간지러운 거예요. 누가 먼저랄 것도 없이 둘이서 손가락으로 콧구멍을 후볐어요. 갑자기 몸이 훅 뜨거워지는 느낌이 들었어요. 볼이 빨개진 유정이는 무척 아파 보였지요. 꿈속에서도 나는 똑같은 생각을 했어요.

'엄마가 마트에서 돌아오기 전에 집에 가야 하는데……'

그때 어디선가 엄마 목소리가 들리는 것 같았어요.

"어머머! 열이 나잖아."

내 이마에 손을 대 보고 화들짝 놀란 엄마는 물수건을 가져와 내 이마에 올려줬어요. 나는 여전히 꿈속인지, 진짜인지 헷갈렸지요. 혹시 아직 놀이터에 있는 건지 궁금해 손으로 바닥을 더듬었어요. 딱딱한 미끄럼틀 대신 폭신한 이불이 느껴졌어요. 다행이다 싶어서 마음이 놓였어요. 근데 엄마의 다음 말을 듣곤 정신이 번쩍 들지 뭐예요.

"열이 너무 많이 나서 현장 체험학습은 가기 힘들겠어."

"아, 안 돼요!!!"

나는 얼른 소리쳤어요. 나만 놀이 공원에 못 간다고 생각하니까 참을 수가 없더라고요.

"갈 거예요. 꼭 가야 한다고요!"

목이 부어서 목소리가 제대로 나오지 않았어요.

"어쩔 수 없어. 코와 목이 약해서 자주 아픈데, 이렇게 열까지 나면 집에서 푹 쉬어야 해."

엄마가 안타까운 목소리로 속삭였어요. 너무 속상해서 눈물이 나더라고요. 엄마 잔소리를 들으며 꼭꼭 마스크를 쓰고 다녔는데, 심지어 축구하면서도 썼는데 대체 왜 열이 나는지 알수 없었어요. 문득 방금 전 꿈 생각이 나더라고요.

'혹시 엄마 몰래 유정이랑 놀이터에서 마스크 없이 신나게 뛰어놀아서일까? 헉! 그리고 보니 유정이도 나랑 똑같이 열나고 아프잖아. 이럴 줄 알았으면 안 나가는 거였는데…….'

이제서야 후회가 되었어요. 하지만 이미 되돌릴 수 없는 일이 되어버렸지요.

*****

다음 날, 나는 베란다에서 우리 학교를 내려다봤어요. 친구들이 탈 버스가 길게 줄 지어 서 있더라고요. 버스를 타고 싶어 눈물이 찔끔 났어요.

'나도 가고 싶은데…….'

소파에 앉은 유정이도 입을 툭 내밀고 있었어요. 식물원에 간다며 엄청 기대했었거든요.

"엄마, 나 현장 체험학습 가면 안 돼요?"

유정이가 울먹이며 물었어요.

"안 돼!"

엄마 대답에 유정이는 슬픈 표정을 지었어요. 유정이도 나처럼 후회하고 있는 것 같더라고요.

둘은 부러운 눈빛으로 창밖만 쳐다봤어요.

"근데 어제 마스크 없이 놀이터에서 좀 놀았다고 이렇게 아플 수 있어?"

내가 억울하다는 듯 말했어요.

"그러게 말이야. 코와 목이 약한 우리 같은 애들은 더 조심해야 했나 봐. 근데 대체 미세먼지는 얼마나 힘이 세기에 우릴 아프게 한 거지?"

"눈에 보이지도 않는데… 힘이 엄청 센가 봐."

"우리 너튜브를 찾아볼까?"

나는 아빠가 예전에 쓰던 헌 휴대폰을 열었어요. 그러곤 너튜브에 들어가 '미세먼지'라고 쳤어요. 어린이를 위한 영상이 보여서 재빨리 클릭했지요.

"헉! 오빠, 저게 뭐야?"

유정이가 화면을 보며 물었어요.

우리는 잔소리쟁이

아주 무섭게 생긴 검은 덩어리가 말을 하기 시작했어요.

"안녕! 내 이름은 미세먼지야. 으하하하하!"

어찌나 기분 나쁘게 웃던지 나랑 유정이는 잔뜩 인상을 썼어요.

"나는 아주 작아서 눈에 잘 안 보이지. 그래서 사람들은 다들 이렇게 말한단다. '눈에도 안 보이는데 왜 조심해야 해? 미세먼지 좀 마신다고 큰일 나는 것도 아닌데, 왜들 호들갑이야!'라고 말이야."

나는 뜨끔했어요. 평소 엄마가 잔소리할 때마다 내가 하던 생각이었거든요. '눈에도 안 보이는 걸 왜 조심하라고 하지? 큰 일 나는 것도 아닌데'라고 말이에요.

"그런데 사람들이 모르는 게 있지. 내가 아주 강력한 힘을 가지고 있다는 거 말이야. 어떤 힘이냐고? 나는 공기 중에 떠다니다가 너의 콧구멍으로 들어가. 그러곤 곧장 폐로 가서 너를 공격하지. 열나게 하는 건 물론이고, 기침이나 천식, 알레르기를 일으켜. 그런가하면 네 몸 속을 돌아다니다가 온갖 병을 일으키기도 하지."

유정이는 열나는 이마를 짚으며 끙, 소리를 냈어요.

"물론 미세먼지를 조금만 마시면 별 문제 없는 것처럼 보일지 몰라. 하지만 오랫동안, 많이 마시면 큰 병에 걸릴 수도 있지!"

미세먼지가 가까이 다가왔어요.

"윽! 무서워!"

유정이가 소름 돋은 팔을 문지르며 내 옆에 붙어 앉더라고요. 사실 나도 엄청 무서웠어요. 큰 병에 걸리는 건 생각만 해도 끔찍하니까요.

"근데 미세먼지는 왜 생기는 거야?"

내가 조그맣게 중얼거렸어요.

"너희들, 내가 대체 왜 생기는지 궁금하지?"

마치 내 말을 알아들은 것처럼 미세먼지가 말했어요.

"자동차에서 나오는 가스, 공장 굴뚝에서 나오는 가스, 물건을
태울 때 나오는 가스 등등에 미세먼지가 가득해. 또 다른 나라에
서 만들어진 미세먼지가 바람을 타고 우리나라로 오기도 하지."

"어휴, 아주 다양한 방법으로 미세먼지가 만들어지잖아. 미세먼지를 잘 피해 다녀야겠어."

유정이가 말했어요.

"자, 그럼 어떻게 하면 나를 잘 피할 수 있는지 알려주지."

갑자기 미세먼지가 칠판에 글자를 쓰기 시작했어요. 나랑 유정이는 화면에 빨려 들어갈 것처럼 열심히 쳐다봤지요.

"첫째, 미세먼지가 많은 날엔 밖에 나가지 마!"

"어제 밖에서 놀지 말걸……."

나도 모르게 말했어요.

"둘째, 꼭 나가야 한다면 반드시 마스크 쓰기! 특히 코와 목, 폐가 약한 사람은 마스크를 잊으면 안 돼!"

"엄마 말이 맞았어."

유정이가 한숨을 쉬었어요.

"셋째, 밖에 나갔다가 돌아오면 꼭 손 씻기! 더러운 손으로 눈을 만지면 눈병이 생길 수도 있다고. 넷째, 물을 자주 마셔서 목구멍을 깨끗하게 만들기! 다섯째, 창문 열지 않기!"

나랑 유정이는 미세먼지가 알려준 다섯 가지를 기억하려고 노력했어요.

"앞으로 미세먼지로부터 몸을 잘 지킬 수 있겠어?"

"네!"

우린 큰소리로 대답했지요.

"좋아! 그럼 너희들을 믿고, 난 이만 가볼게. 만약 방금 알려 준 다섯 가지를 제대로 안 지키면 내가 다시 찾아올 거야."

미세먼지가 손을 흔들며 멀어졌어요.

"유정아, 우리도 앞으로 열심히 지키자. 알겠지?"

"알았어. 꼭 기억할게."

***

그때 현관문이 열리더니 엄마가 들어왔어요. 마스크를 벗은 엄마가 손으로 코를 만지려고 하자, 나랑 유정이가 폴짝 뛰었어요.

"엄마! 더러운 손으로 코를 만지면 큰일 나요!"

"알고 있는데…코가 너무 간지러워서."

엄마가 눈을 여러 번 깜빡이더니 이번엔 눈을 비비려고 했어요. 나랑 유정이는 잔소리를 하기 시작했지요.

"엄마, 손에 미세먼지가 많을 텐데 눈을 비비면 어떡해요."

"미세먼지가 코로 들어가면 기침이 나고, 열도 난대요. 눈에 들어가면 눈병이 생기고요. 그러니까 꼭 손을 씻고 만져야 한다고요."

"빨리 손 씻으세요!"

내가 엄마 등을 밀었어요. 엄마는 재빨리 화장실로 들어갔어요. 잠시 후, 화장실에서 나온 엄마가 물었어요.

"너희들 갑자기 왜 잔소리쟁이가 됐어?"

"앞으로 미세먼지로부터 우리 몸을 잘 지키기로 결심했거든요."

유정이가 또박또박 말했어요.

"정말? 아주 멋진 생각이야!"

엄마는 환하게 웃으셨어요.

"아참! 엄마, 따뜻한 물을 자주 마셔야 해요. 빨리 물 마셔요."

내가 물을 내밀었어요.

"엄마는 미세먼지 때문에 몸이 아플 일은 없겠는걸?"

엄마가 눈을 찡긋하며 말했어요.

"왜요?"

우리 둘이 동시에 물었지요.

"잔소리쟁이 유찬이, 유정이가 있으니까."

엄마 말에 셋이 동시에 웃었어요.

"우린 앞으로 미세먼지 있는 날엔 마스크를 꼭꼭 쓸 거예요."

유찬이가 또박또박 말했어요.

"저는 손을 깨끗이 씻고, 더러운 손으로 눈, 코, 입을 만지지 않을 거예요. 그리고 물을 자주 마셔서 목을 깨끗하게 만드는 것도 잊지 않을게요."

엄마가 유정이 머리를 쓰다듬었어요.

"호호호, 우리 유정이가 다 컸네. 이제부터는 엄마 잔소리가 필요 없겠는걸!"

엄마는 기분 좋게 웃으시며 우리를 안아 주셨어요.

"얘들아, 미세먼지를 줄이기 위해 다 함께 노력하면 엄마의 잔소리도 줄어들지 않을까?"

"맞아요. 우리 모두 다 같이 노력하면 언젠가 미세먼지가 말
끔히 사라질 거예요!"

유정이가 벌떡 일어나 말하자, 셋이 와르르 웃었어요.

어떤 이야기지?

유정이와 유찬이는 마스크를 쓰라는 엄마의 말을

듣지 않고 신나게 놀이터에서 놀았어요.

그날 저녁에 유정이는 목이 따끔따끔 아프기 시작하고

유찬이는 열이 펄펄 나서 기대했던

현장 체험학습에 가지 못했어요.

너튜브에서 미세먼지를 검색해 영상을 보고 난 후

유정이와 유찬이는 미세먼지로부터

몸을 지키는 잔소리쟁이가 되었답니다.

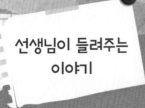

엄마의 잔소리에 어쩔 수 없이 마스크를 쓰고 다니던 유정이와 유찬이는 다른 친구들이 무척 부러웠어요. 축구를 할 때 마스크 때문에 숨이 차서 달리기 힘들었던 유찬이는 축구공을 받지 못해 친구들의 불평을 들어야 했어요. 자신을 이해해 주지 못하는 친구들 때문에 너무 속상했지요.

엄마가 안 계신 동안 유정이와 유찬이는 마스크를 벗고 놀이터에서 실컷 놀았어요. 숨을 편하게 쉴 수 있고, 달려도 숨이 차지 않아서 정말 좋았어요. 그런데 미세먼지를 너무 우습게 봤나 봐요. 유정이와 유찬이는 목이 아프고 열이 났어요. 결국 현장 체험학습도 가지 못하게 되었지요. 유찬이는 엄마의 말을 듣지 않은 것을 후회하게 돼요.

부모님이 여러분을 걱정해서 하는 말씀을 잔소리라고 생각하고 듣기 싫을 때가 많죠? 실제로 듣지 않은 적도 있을 거예요. 관심이 없으면 잔소리도 하지 않는다고 해요. 현재의 편안함만 생각해서 후회하는 일을 하는 유정이와 유찬이처럼 행동하지 않을 거지요?

잔소리쟁이가 된 유정이와 유찬이처럼 친구들에게 도움이 되는 말을 하는 친구가 되기로 약속해요.

독후 활동하기

1. 빈칸에 알맞은 낱말을 넣어 보세요.

① 이렇게 □□□□ 가 심한 날엔 문을 열면 안 돼.

② 더러운 손으로 눈을 만지면 □□ 이 생길 수도 있다고.

③ 폐가 약한 사람은 □□□ 를 잊으면 안 돼.

2. 글의 내용을 다른 친구에게 들려주고 싶어요. 단어 5개를 선택한 후 그 단어를 넣어서 줄거리를 요약해 보세요.

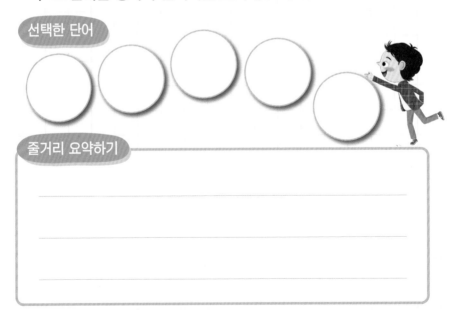

선택한 단어

줄거리 요약하기

정답 및 해설 ① 미세먼지 ② 눈곱 ③ 마스크

3. 가장 기억에 남는 문장이나 장면을 적어 보세요.

- 가장 기억에 남는 문장이나 장면은?

_____

- 그 이유는?

_____

- 가장 기억에 남는 문장이나 장면은?

_____

- 그 이유는?

_____

4. 미세먼지가 유정이와 유찬이에게 알려준 다섯 가지는 무엇일까요?

- 첫째, _____

- 둘째, _____

- 셋째, _____

- 넷째, _____

- 다섯째, _____

지구 수호 마을

마을을 떠나야 해요

"큰!일!났!어!요!"

어디선가 다급한 소리가 들렸어요. 깜짝 놀란 틴이 잠에서

깼어요.

"누나, 일어나봐."

틴이 옆에 있는 루시를 흔들었어요.

"무슨 일이야?"

루시는 잠이 덜 깬 얼굴로 눈을 비볐지요.

"모두 빨리 모이세요! 큰일 났다고요!"

다시 한번 큰소리가 났어요. 루시와 틴이 벌떡 일어나 달려

나갔지요. 마을 들판에 수십 마리의 판다들이 모여 있었어요.

"대체 무슨 일이에요?"

"혹시…또?"

판다들이 걱정스럽게 대나무 숲을 쳐다봤어요. 대나무가 사라져서 숲이 비어 보였어요. 촌장 할아버지가 바위에 올라 말했지요.

"어제 누군가 또 마을에 와서 대나무를 거의 다 베어가 버렸어요."

판다들이 씩씩거리며 말을 쏟아냈어요.

"대체 범인이 누구일까요?"

"어떻게 이런 못된 짓을 할 수 있지?"

"내 손에 잡히기만 해봐라. 가만 두지 않을 거야."

"제가 봤어요!"

그때 보루가 바위에 올라서며 말했어요.

"어젯밤에 잠이 안 와서 마을 들판으로 나왔는데, 수십 개의 그림자가 움직이고 있었어요. 범인은 바로……."

보루가 입술을 오물거렸어요. 모여있던 판다들은 모두 눈을

크게 뜨고 보루의 입술만 쳐다봤어요.

"빨리 말해봐!"

"범인은…인간들이었어요!"

보루의 말에 판다들 입이 쩍 벌어졌어요.

"뭐, 뭐라고? 인간들이 범인이라고?"

"아! 지난번에 발견한 쓰레기들도

판다들이 사용하지 않는 거였잖아."

"대체 인간들은 왜 남의 걸 빼앗고, 그것도 모자라 쓰레기까지 버리고 가는 걸까?"

판다들이 어깨를 축 늘어트리고 중얼거렸어요. 루시와 틴도 인상을 썼지요.

"여러분! 인간들이 다시 와서 남은 대나무 몇 그루마저 다 베어갈 거예요."

촌장 할아버지가 숲을 가리키며 말했어요.

"그리고 더 많은 쓰레기를 남겨두고 가겠죠. 진짜 심각한 문제는……."

촌장 할아버지 얼굴이 어두워졌어요.

"진짜 심각한 문제는 뭐예요?"

루시가 물었어요.

"대나무를 다 베어간 후엔 우리 마을이 쓰레기장으로 변하겠죠. 이미 몇 년 전부터 이웃 마을 판다들이 하나둘 떠나고 있잖아요. 쓰레기장이 된 마을에서 더 이상 살 수 없다고 말이에요."

"그럼 우리도 떠나야 한다는 거예요?"

루시가 입술을 떨며 물었어요. 촌장 할아버지가 천천히 고개를 끄덕였지요.

"누나, 난 우리 마을을 떠나고 싶지 않아. 아니, 절대 안 떠날 거야!"

틴이 루시 팔에 매달리며 말했어요.

"나도 같은 마음이야. 하지만…어쩔 수 없잖아."

루시 말을 들은 다른 판다들이 일제히 고개를 푹 숙였어요.

강물이 이상해요

"새로운 마을을 찾았어요!"

언덕을 내려오며 틴이 소리쳤어요. 판다들이 일제히 눈을 반짝였어요.

"정말? 우리가 살게 될 마을을 찾았단 말이지?"

촌장 할아버지가 반가운 얼굴로 물었어요.

"네! 빨리 이리로 오세요!"

틴이 손짓하자 판다들이 재빨리 달려갔어요.

"진짜였어. 틴 말이 사실이었다고."

'맑은 강 마을'에 도착한 판다들이 팔을 들어 올리고 외쳤어요. 그러곤 들판에 있는 어린 대나무를 먹기 시작했어요. 한동안 와그작와그작 대나무 씹는 소리만 들렸지요.

"우웩!!!"

루시가 난데없이 대나무를 뱉었어요. 다른 판다들도 하나둘 대나무를 내려놓았어요.

"대나무 맛이 이상해."

"킁킁, 냄새도 나는 것 같아."

'꼬르륵' 소리 나는 배를 잡고 다들 우울해했어요. 그때 파보 아저씨가 손으로 코를 막고 달려왔어요.

"강, 강물이 이상해요!"

"강물이 왜요?"

"직접 가서 보렴."

파보 아저씨 말에 루시와 틴이 달려갔어요. 멀리서 볼 때는 분명 맑고 푸른 강이었는데, 가까이 갈수록 퀴퀴하고 지독한 냄새가 났어요.

"윽! 이게 무슨 냄새야?"

틴은 코를 막았어요. 루시도 독한 냄새 때문에 뒤로 물러섰

지요.

"강에서 왜 냄새가 나지?"

틴이 고개를 갸웃하며 말했을 때였어요.

낯선 발걸음 소리가 났어요. 이어서 커다란 물건이 부딪치는 소리도 들렸어요. 루시와 틴은 재빨리 수풀 뒤로 몸을 숨겼지요.

"서둘러! 누가 보면 큰일이라고."

사나운 인상의 인간 아저씨가 커다란 드럼통을 옮기며 말했어요. 다른 아저씨가 드럼통 입구를 열자 새카만 물이 콸콸 쏟아져 나왔어요. 루시와 틴은 새카만 물이 강에 퍼지는 걸 보자 눈이 저절로 커졌어요.

"강물 색깔이 아주 시커멓군."

"그게 우리랑 무슨 상관이야. 어차피 우리가 마실 물도 아닌데."

아저씨 둘이 웃어댔어요. 잠시 후, 그들이 돌아가자 루시와 틴은 힘없이 판다 무리로 돌아왔어요.

"강물이 어떻게 됐다는 거야?"

새미가 물었지요.

"까맣게 변했어…강물도 대나무도 모두 오염되었나 봐."

틴이 작은 목소리로 대답했어요.

"대체 누가 오염시킨 거야?"

"인간들이……."

루시 대답에 판다들 얼굴이 어두워졌어요.

"얼른 새로운 마을을 찾아 떠나야겠어. 이곳에 더 있다간 오염된 강물과 대나무를 먹고 판다들이 병들고 말 거야."

촌장 할아버지가 걱정스럽게 둘러보며 말했어요. 이미 몇몇은 배가 아픈지 인상을 쓰며 배를 살살 문지르고 있었어요.

"대체 우리가 살 수 있을 정도로 깨끗한 마을은 어디에 있는 걸까?"

틴이 슬픈 얼굴로 중얼거렸어요.

"높은 곳으로 올라가면 어때요? 강물은 아래로 계속 흘러갈 테니 높은 곳은 오염이 덜 되지 않았을까요? 저기 큰 바위까지만 올라가 봐요. 혹시 대나무를 발견할지도 모르잖아요."

루시가 말했어요.

휘이이익!

새 한 마리가 바위에서 날아올라 판다들 머리 위로 지나갔어
요.

"방금 봤어?"

보루가 새미를 톡 치며 물었어요.

"뭘?"

"새가 대나무를 물고 있었잖아!"

보루 말에 판다들 얼굴이 환해졌지요.

"나도 봤어. 분명 초록색 대나무였어!"

"빨리 가보자! 바위 근처에 맛있는 대나무가 가득 있을 거야."

판다들이 기대에 차서 바위를 향해 달려갔어요.

***

곧이어 바위 앞에 도착했어요. 그런데 웬일인지 마을은 텅 비어 있었어요.

"대나무는 어딨지?"

판다들이 두리번거리며 대나무를 찾기 시작했어요.

"저기 초록빛이 보이는 것 같은데?"

루시가 바위 옆을 가리켰지요. 틴이 가장 먼저 달려갔어요.

"찾았다! 대나무!"

틴이 바닥에서 초록색 물건을 주워 들었어요. 다른 판다들도 각자 초록색 물건을 들어 올리느라 정신이 없었지요.

"어? 대나무 같지 않은데?"

쿵쿵 냄새를 맡은 보루가 말했어요. 파보 아저씨는 우적우적

씹어보았어요. 딱딱해서 이빨만 아팠지요.

"누나, 바위 옆에 이상한 게 보여!"

틴이 루시에게 말했어요.

"그러게. 어쨌든 대나무가 아니라서 실망이야. 빨리 대나무를 찾아야 할 텐데……."

루시가 초록색 물건을 바위 옆으로 툭 던져버렸어요.

와르르르르!

마치 산사태가 나듯 바위 옆에 쌓여있던 것들이 한꺼번에 무너졌어요.

"으악! 판다 살려!"

무섭게 떨어지는 바람에 다들 놀라서 사방으로 도망갔어요. 잠시 후, 바위 옆이 텅 비어버렸지요. 루시와 틴이 조심스레 다가가 물건들을 들여다봤어요. 모양도 색깔도 제각각인 플라스틱이 바닥에 아무렇게나 굴러다니고 있었어요.

"헉! 이게 다 플라스틱인 거야?"

"세상에! 이렇게 많은 플라스틱이 어디서 온 거지?"

루시와 틴이 한숨을 섞어 말했어요. 조금 더 걸어가자 거대한 플라스틱 산이 나타났어요.

　"인간들은 지금 이 순간에도 플라스틱을 만들고, 사용하고, 버리고 있겠지?"

　촌장 할아버지가 지겹다는 듯 푸념했어요.

　"이렇게 높은 곳까지 인간들 때문에 오염되다니…난 인간들이 정말 싫어!"

　보루가 어깨를 부들거리며 말했어요.

"나도 인간들이 미워! 앞으로 절대 인간들을 믿지 않을 거야."

새미도 잔뜩 화가 난 얼굴로 외쳤어요. 가만히 듣고 있던 틴은 인간들에게 묻고 싶었어요. 대체 왜 동물과 자연, 아니 지구 전체를 괴롭히는 거냐고요.

"누나, 여기도 우리가 살 마을은 아닌 거지?"

"그런 것 같아……."

어두운 얼굴로 루시가 대답했어요.

낭떠러지

"우린 언제까지 떠돌아다녀야 하죠?"

투투 아줌마가 물었어요.

"인간들만 아니었으면 대나무 마을에서 평화롭게 살고 있었 겠죠?"

"'맑은 강 마을'의 강이 오염되지만 않았어도……."

"인간들이 플라스틱을 함부로 버리지 않았다면……."

어깨가 축 처진 판다들이 앞다투어 말했어요.

"안전하고 깨끗한 마을을 꼭 찾아야죠. 그러자면 해가 지기 전에 플라스틱 산을 내려가야 해요."

루시가 조심스레 말했어요. 판다들이 차례대로 일어섰어요.
바위 뒤를 살피던 틴이 앞으로 나섰지요.

"그럼 바위 뒤에 있는 내리막길로 다 같이 내려가요!"

"플라스틱이 너무 많아서 위험하지 않을까?"

보루가 물었어요.

"아까 올라온 길보단 덜 위험해 보여. 물론 발아래 플라스틱
을 조심해야 하겠지만."

틴과 루시가 앞장서자 판다들이 하나둘 뒤를 따랐어요.

한참 동안 터벅터벅 발소리만 들렸어요.

미끌! 주르르륵!

"윽! 하마터면 큰일 날 뻔했네. 플라스틱은 왜 이렇게 미끄러
운 거야."

보루가 땀을 닦으며 말했어요.

툭!

"이렇게 플라스틱을 발로 차면서 걸어봐."

루시가 플라스틱을 차며 웃었어요.

툭! 쿵! 툭! 쿵!

발로 찰 때마다 날아간 플라스틱이 바닥에 내려앉는 소리가 났어요. 판다들은 계속해서 쿵, 쿵, 쿵 소리를 들으며 걸었지요.

몇 시간째 정신없이 걷다가, 틴이 고개를 기울였어요.

'뭔가 이상한데……'

불안한 기운을 느낀 루시도 고개를 갸웃거렸어요.

"틴, 아까부터 뭔가 이상하지 않아?"

루시가 귓속말로 물었어요.

"나도 그렇게 느끼고 있었어. 근데 뭐가 이상한지 모르겠어."

그때 새미가 발로 힘껏 차서 플라스틱 여러 개를 날려버렸어요.

툭! 툭! 툭!

쿵! 쿵! 쿵! 소리가 돌아오지 않자, 루시는 무서워졌어요.

'플라스틱이 바닥에 내려앉는 소리가 들리지 않는다는 건……'

플라스틱으로 장난을 치던 새미와 보루가 쏜살같이 앞으로 달려갔어요.

"축구하듯 잘 차야지! 이렇게!"

　새미가 또 한 번 플라스틱을 찼어요. 갑자기 플라스틱이 아
래로 흘러내리기 시작했어요. 판다들도 쭉 미끄러지며 아래로
아래로 내려갔지요.

　"으아아아아아악!!!!"

　비명소리가 플라스틱 산을 흔들었어요. 루시와 틴도 빠른 속
도로 떠밀려 내려갔어요.

　"누나!"

　"틴! 내, 내 손을 잡아!"

루시가 손을 내밀었지만 틴은 이미 멀리 가버린 후였어요.
루시는 그제야 길옆이 낭떠러지라는 걸 깨달았어요. 조금만 더
내려가면 모두들 낭떠러지로 떨어질 게 뻔했지요. 루시는 온몸
의 힘을 끌어모아 소리쳤어요.

"뭐든지 손에 잡히는 대로 꽉 잡아요! 아래는 낭떠러지예
요!"

정신이 번쩍 든 판다들이 팔을 버둥거렸어요.

"플라스틱 외에 잡히는 게 없어!"

"제발 날 도와줘!"

"으아아악! 이러다 모두 죽을지 몰라!"

비명 소리가 플라스틱 소리에 묻힌 순간, 판다들이 뚝 멈췄어요. 몇몇이 삐죽 나온 나무줄기를 잡은 덕분이었지요. 나머지는 나무줄기에 매달린 판다의 다리를 잡은 채 매달려 있었어요. 두 손으로 나무줄기를 잡은 틴이 힘들게 말했어요.

"으으으으윽! 손, 손이…자꾸…미끄러져…….."

틴의 다리를 잡은 루시도 어쩔 줄 몰라 했어요. 틴을 도와주고 싶었지만, 딱히 손에 잡히는 게 없었어요.

"더 이상 버틸 수 없어…….."

"나도…힘이 없다고…….."

판다들의 울음 섞인 목소리가 여기저기서 들렸어요. 그때 어디선가 커다란 소리가 들려왔어요.

***

휘이이이익!

"저, 저게 뭐야?"

"으아아아아아악! 그, 그물인 것 같은데?"

거대한 그물이 판다들을 낚아챘어요. 어리둥절한 얼굴로 그물에 갇힌 판다들은 아래를 내려다보며 다리를 덜덜 떨었지요.

"영차! 영차!"

위에서 우렁찬 소리가 들렸어요. 그 소리에 맞춰 그물이 조금씩 움직이며 점점 위로 올라갔어요. 판다들은 어쩔 줄 몰라 하며 쳐다보기만 했어요. 드디어 그물이 플라스틱 언덕 위로 끌어올려졌어요.

"얼른 그물을 풀어봐!"

맨 앞에 선 너구리가 소리쳤어요. 옆에 서 있던 여우들이 그물 앞으로 훌쩍 달려들었어요.

"휴, 다행이다."

틴이 말했어요. 곧이어 그물에서 벗어난 판다들이 동물 무리와 마주섰어요. 너구리, 사자, 코뿔소, 원숭이, 다람쥐 등등 수많은 동물들이 판다들을 쳐다보며 씩 웃었지요.

"우리를 구해줘서 고마워요!"

촌장 할아버지가 허리를 숙여 인사했어요.

“별 말씀을요. 서로 돕고 사는 게 당연한걸요.”

대장 너구리가 여유롭게 웃었어요.

“전 인간들이 우리를 잡아가는 줄 알았지 뭐예요.”

보루가 손등으로 이마의 땀을 닦았어요.

“만약 인간에게 잡혔다면…어휴, 생각만 해도 끔찍해!”

새미가 어깨를 끌어모았어요. 그때 쿵쿵쿵, 발소리가 다가왔어요. 동물들은 두 갈래로 나눠 섰지요.

“흐억! 인, 인간들이 나타났어!”

파보 아저씨가 소리치자, 판다들이 우르르 뒤로 물러섰어요. 다른 동물들은 익숙한 듯 가만히 서 있었지요.

“왜 도망가지 않죠?”

루시가 묻자, 대장 너구리가 인간들에게 더 가까이 오라는 손짓을 하며 말했어요.

“도망갈 이유가 없으니까요.”

“왜요? 인간들은 동물을 괴롭히잖아요. 우리의 적이라고요!”

틴이 답답하다는 듯 말했어요.

"우린 다 함께 지구 수호 마을에 사는 이웃들이에요."

"이웃이라고요? 인간과 동물이 이웃이 될 수 있나요?"

"인간은 다 나쁘잖아요. 근데 어떻게 함께 살죠?"

이해되지 않는다는 얼굴로 판다들이 물었어요.

"우리도 처음에는 서로를 아주 무서워했어요. 하지만 지금은

이해하며 함께 살지요. 지구를 지키기 위해 힘을 모으다보니 누구보다 친한 친구가 되었거든요."

인간들과 동물들이 자연스럽게 어깨동무를 했어요. 처음 본 광경에 판다들 눈이 커다래졌어요.

"동물과 인간이 친한 친구가 되다니……."

루시가 믿을 수 없다는 듯 고개를 갸웃거리며 중얼거렸어요.

"여러분도 우리와 함께 지구 수호 마을로 갑시다!"

대장 너구리가 말했어요. 판다들은 그 자리에서 움직이지 않았어요. 한참 생각한 후, 루시와 틴이 앞으로 나섰지요.

"우리도 지구 수호 마을로 가는 게 좋겠어요!"

"거기도 위험한 곳이면?"

투투 아줌마가 걱정스런 얼굴로 물었어요.

"우리가 두려워하는 건 인간들이 자연을 오염시키는 거잖아요. 그런데 지구 수호 마을에선 인간과 동물이 다 함께 지구를 보호한다니 그보다 안전한 곳이 또 있을까요?"

틴이 판다들을 둘러보며 말했어요.

"그래, 더 이상 인간을 피해 다닐 필요도 없겠군."

"우리도 지구를 보호할 수 있으면 좋은 거지."

"무엇보다 깨끗한 음식이 많을 거야. 가자!"

지구 수호 마을이 참 좋아요

마침내 판다들이 지구 수호 마을에 도착했어요. 대장 너구리가 판다들을 소개했지요.

"앞으로 우리 마을에서 함께 살 판다들입니다. 다 같이 힘을 모으면 지구에 사는 모든 생물들이 행복해질 수 있을 거예요."

지구 수호 마을 동물들과 인간들이 손뼉을 쳤어요. 루시와 틴은 마을의 아름다운 모습을 구경하느라 정신이 없었어요.

"누나, 이렇게 예쁜 마을은 처음 봐."

"게다가 엄청 깨끗하기까지 해."

귓속말을 주고받다가 둘은 빙그레 웃었어요.

"나와 함께 나무 심으러 갈 판다 있어요?"

모자를 쓴 오리 아저씨가 소리쳤어요. 루시와 틴이 손을 들었지요. 곧이어 뒷산에 올라 나무를 심기 시작했어요. 여우들이 재빨리 땅을 파면, 오리와 다람쥐, 인간들이 구덩이에 나무를 척척 심었지요.

"이렇게 나무를 심으면 어떤 점이 좋은 거예요?"

틴이 궁금한 얼굴로 물었어요.

"공기가 깨끗해지지. 그리고 아무리 비가 많이 와도 산이 무너지지 않아. 나무 덕분에 땅이 건강해지고, 생물들도 안전하게 살아갈 수 있게 되지."

오리 아저씨가 친절하게 알려줬어요.

"아, 그럼 앞으로 나무를 열심히 심어야겠네요."

루시 말에 다들 고개를 끄덕였어요.

***

다음 날, 루시와 틴은 '맑은 강 지키미'를 따라나섰어요.

"강가에 버려진 쓰레기를 주울 거예요!"

인간 아저씨가 커다란 봉투를 나눠주며 말했어요. 루시는 강가에 버려진 플라스틱을 하나도 빼놓지 않고 다 주웠어요. 금세 봉투가 절반이나 찼지요. 그런가 하면 다람쥐들은 강가 근처에 글자가 적힌 천을 걸었어요.

〈강에 쓰레기를 버리지 마세요!〉

잠시 후, 발걸음 소리가 들렸어요. 다들 일제히 몸을 숙였지요. 지난번 맑은 강 마을에서 봤던 인간 아저씨들이 드럼통을 들고 다가오고 있었어요. 지구 수호 마을에 사는 인간 아저씨가 재빨리 경찰에 신고했어요. 경찰이 오는 동안, 동물들은 힘을 모아 인간 아저씨들이 도망가지 못하게 막아섰지요.

"저리 비켜!"

드럼통을 든 아저씨들이 팔을 휘저으며 소리쳤어요. 재빨리 도착한 경찰이 드럼통 아저씨들을 붙잡았어요. 틴이 밝은 얼굴로 속삭였지요.

"누나, 이제 강도 점점 깨끗해질 거야."

***

다음 날, 루시와 틴은 자연을 오염시키지 않는 물건을 만드는 공장에 갔어요. 친절한 늑대 아주머니가 제품을 들어 올리며 설명했어요.

"여러분! 플라스틱이 썩는 데 얼마나 걸리는 줄 아세요?"

틴이 손을 번쩍 들어 올렸어요.

"10년 정도 걸릴 것 같아요."

"아뇨. 더 걸립니다."

"그럼 20년이요?"

"그보다 더 걸리죠."

"100년은 아니겠죠?"

루시의 자신 없는 대답에 늑대 아주머니가 고개를 저었어요.

"무려 500년이나 걸린답니다."

"헉! 저, 정말요?"

루시와 틴은 깜짝 놀랐어요.

"이렇게 잘 썩지 않는 물건들을 많이 사용할수록 지구는 아플 수밖에 없어요. 그래서 우리는 플라스틱 대신 사용할 수 있는 친환경 제품을 만들고 있어요. 요즘은 옷에도 플라스틱이 섞여서 아주 작은 플라스틱, 즉 미세 플라스틱이 강과 바다를 오염시키고 있어요. 이걸 막기 위해 친환경 옷도 만들었답니다. 잘 썩고, 미세 플라스틱이 절대 나오지 않는 옷들이죠."

늑대 아주머니가 자신이 입고 있는 티셔츠를 가리켰어요. 틴은 티셔츠를 만져보며 고개를 끄덕였어요. 보기에는 일반 티셔츠와 똑같아 보이는데 지구를 오염시키지 않는 옷이라니 신기하기만 했지요. 옆에 선 루시가 눈을 반짝이며 말했어요.

"지구를 지키는 방법이 이렇게 많다는 걸 처음 알았어요. 지구 수호 마을 같은 곳이 점점 더 많아진다면 지구는 훨씬 더 깨끗해지겠지요? 저는 지구 수호 마을이 참 좋아요."

"저도요!"

틴이 큰 소리로 말하자, 다 함께 환하게 웃었어요.

판다들이 먹을 대나무를 찾으려고 길을 떠나요.

그나마 찾은 초록색 대나무는 대나무가 아니었어요.

산처럼 쌓인 플라스틱 더미가 무너지면서

위기에 빠진 판다들!

동물 친구들의 도움으로 지구 수호 마을에서 살게 된

판다들은 맑고 깨끗한 환경의 중요성을 알게 된답니다.

판다들의 식량인 대나무를 인간들이 다 베어가 버려 마을이 쓰레기장이 될 위기예요. 먹을 것이 없어 판다들은 다른 마을을 찾아가야만 하지요. 새로 찾은 마을의 강물에서는 이상한 냄새가 나고 어린 대나무는 맛이 이상해서 먹을 수가 없었어요. 또 다른 마을을 찾던 판다들은 플라스틱 산이 무너지면서 낭떠러지로 떨어지고 말지요. 다행히 동물 친구들이 구해주고 지구 수호 마을에서 살게 돼요.

지구 수호 마을에서 인간과 동물이 어깨동무하고, 다 함께 지구를 보호하기 위해 협력하는 모습을 처음 본 판다들은 모두 놀랐어요. 인간들은 동물을 괴롭히는 적이라고만 생각하고 있었거든요.

판다들은 지구 수호 마을에서 나무를 심고, 쓰레기를 주우며 인간과 동물이 힘을 모으면 지구에 사는 모든 동물이 행복해질 수 있다는 것을 알게 돼요. 지구를 지키는 방법이 다양하다는 것도 알게 되고요. 하나밖에 없는 지구를 위해 우리도 이제부터 노력해 봐요. 그리고 이렇게 외치는 거예요.

"지구 수호 마을이 참 좋아요!"

1. 등장인물들이 지구를 지키기 위해 어떤 일을 하는지 찾아보세요.

이름	하는 일
오리	88쪽 참고
늑대 아주머니	93쪽 참고
루시	89쪽 참고

2. 강가에 걸린 천에 써넣을 문구를 만들어 보세요.

3. 글의 내용을 바탕으로 신문 기사를 작성하려고 해요. 빈칸에 내용을 채워 보세요.

기사 제목:

기사 내용:

4. 지구는 내 친구

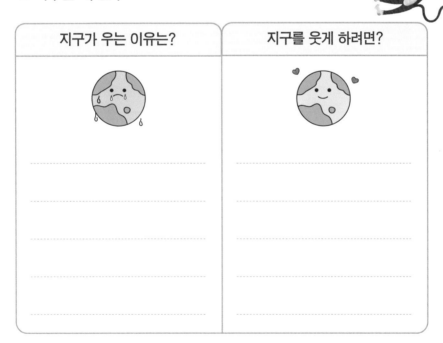

지구가 우는 이유는?	지구를 웃게 하려면?

1. 지구를 수호하기 위해 우리가 할 수 있는 일이 무엇인지 생각하면서 생각지도를 만들어 보세요.

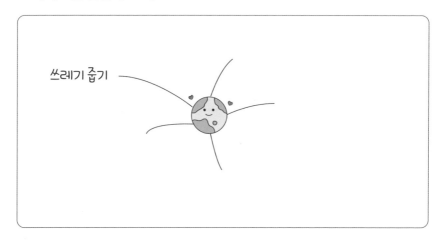

2. 물건들이 자연에서 썩는 데 걸리는 시간을 알아보고 어떤 생각이 드는지 써보세요.

물건	시간	물건	시간
우유팩	5년	나무젓가락	20년
플라스틱병	500년 이상	비닐봉지	100~500년 이상
종이컵	20년 이상	유리병	100만 년 이상

내 생각에는

100